Collection de Monsieur V***

TABLEAUX ANCIENS

GRAVURES

ET

MINIATURES

EXEMPLAIRE DE H. STETTINER

TABLEAUX ANCIENS

GRAVURES

ET

MINIATURES

AVIS

<hr>

La Collection que nous présentons a été formée en grande partie par Monsieur de la Garde, Procureur général de la Cour du Parlement de Provence, à partir de l'année 1719, ainsi qu'un mémoire autographe qui est en la possession de Monsieur Paul de Montvallon, Substitut du Tribunal de Carpentras, en fait foi.

Nous avons entre les mains une partie photographiée de ce mémoire qui pourra être mise à la disposition des personnes qui voudraient en prendre connaissance.

CATALOGUE

TABLEAUX ANCIENS

PAR OU ATTRIBUÉS A

Balthazar, Barbieri, Breughel, Van der Cabel, Campidoglio, Daguernier
Van Falens, Franck le Jeune, Hobbema, Laur
Le Mole, José de Montpers, Moucheron, Nuzzi di Fiori, Parrocel
Perino del Vaga, Poelemburg, Le Poussin, Hubert Robert, Ruisch, Salvator Rosa
Teniers (David), Vanucci, Warendael

GRAVURES ET MINIATURES

Composant la Collection de Monsieur V***

ET DONT LA VENTE AURA LIEU :

HOTEL DROUOT — SALLE N° 11

Le Samedi 4 Avril 1908

À 2 heures 1/2

Me H. BONDU	**M. E. BERTIER**
COMMISSAIRE-PRISEUR	EXPERT
32 — Rue Le Peletier — 32	149 — Avenue du Maine — 149

EXPOSITION PUBLIQUE

Le Vendredi 3 Avril 1908, de Une heure et Demie a Cinq heures et Demie

CONDITIONS DE LA VENTE

La vente sera faite au comptant.

Les acquéreurs paieront *dix pour cent* en sus des enchères.

L'exposition mettant le public à même de se rendre compte de l'état des objets aucune réclamation ne sera admise aussitôt l'adjudication prononcée.

DÉSIGNATION

BALTHAZAR

1 — *Neptune et Galatée*,

Neptune armé de son trident conduit Galatée dans son char, des Amours portant une couronne et des emblèmes voltigent autour du char.

Gouache sur parchemin. Haut., 40 cent.; larg., 27 cent.

Cadre en bois sculpté et doré.

BARBIÉRI
(DIT LE GUERCHIN)
1591-1666

2 — *L'Office*.

Huit moines devant leurs livres chantent l'Office dans une grotte.

Toile. Haut., 52 cent.; larg., 35 cent.

Cadre en bois sculpté et doré.

BREUGHEL
(DIT DE VELOURS)
1568-1625

3 — *Paysage.*

250

Au premier plan deux personnages se trouvent sous de grands arbres, derrière un chateau-fort et un paysage qui s'étend dans le lointain.

Panneau. Haut., 51 cent., larg., 60 cent.

Cadre en bois sculpté et doré.

VAN DER CABEL
1631-1705

4 — *Départ des Israélites.*

200

Les Israélites accompagnés de leurs femmes et de leurs enfants se préparent à quitter l'Egypte par ordre de Moïse.

Toile. Haut., 90 cent ; larg., 1m15 cent.

Cadre en bois sculpté et doré.

VAN DER CABEL
1631-1705

5 — *Paysage, animé de personnages au premier plan.*

Toile. Haut., 37 cent.; larg., 29 cent.

Cadre bois sculpté et doré.

CAMPIDOGLIO
(MICHEL-ANGE DEL)

6 — *Fruits.*

200

Différents fruits, pêches, raisins et pastèques.

Toile. Haut., 92 cent.; larg., 1ᵐ15 cent.

Cadre en bois sculpté et doré.

DUGUERNIER

7 — *Diane au bain.*

350

Diane se baigne au milieu de ses nymphes tandis que quatre d'entre elles la voilent aux yeux d'Actéon.

Miniature faite à la détrempe. Haut., 20 cent.; larg., 27 cent.

Très beau cadre en bois sculpté et doré.

VAN FALENS
1683-1735

8 — *Le Départ.*

570

Des chevaux sont attachés le long d'une palissade. Un cavalier selle le sien, un autre est déjà en selle, au fond on voit un beau paysage.

Toile. Haut., 35 cent.; larg., 46 cent.

Cadre en bois sculpté et doré.

FRANCK LE JEUNE
1581-1642

9 — *L'Adoration des Mages.*

420

La Vierge assise devant saint Joseph tient l'Enfant-Jésus sur ses genoux, les Rois Mages apportent des présents et l'un d'eux est en Adoration.

Cuivre. Haut., 36 cent.; larg., 3o cent.

Cadre bois sculpté et doré.

HOBBEMA
1638-1709

10 — *Le Moulin.*

750

Dans le paysage un moulin dont on voit la grande roue tourner au courant de l'eau, des paysans avec leur voiture chargée de grains en sortent, tandis que d'autres s'y dirigent.

Panneau. Haut., 4o cent ; larg., 63 cent.

Cadre bois sculpté et doré.

PHILIPPO LAURI
1623-1694

11 — *Jeunes Filles à la Fontaine.*

100

Haut., 3o cent., larg., 4o cent.

Cadre bois sculpté et doré.

LE MOLE

12 — *Saint Jérome.*

Le saint est couché sur le côté et médite devant une tête de mort.

Toile. Haut., 53 cent., larg., 64 cent.

Cadre en bois sculpté et doré.

JOSÉ DE MONTPERS

13 — *Paysage.*

Plaine sillonnée de cours d'eau et flanquée de chaque côté de hautes collines, sur l'une d'elles un château. Au premier plan à droite on voit la Sainte Famille en route pour l'Egypte.

Panneau. Haut., 50 cent., larg. 70 cent.

Cadre en bois sculpté et doré.

MOUCHERON

14 — *Paysage.*

Très beau paysage accidenté et agrémenté d'arbres, personnages au premier plan.

Toile. Haut. 47 cent., larg.. 65 cent.

Cadre en bois sculpté et doré.

NUZZI DI FIORI

1603-1673

15 — *Vase rempli de fleurs.*

Reines-marguerites, pivoines, giroflées, jacinthes, etc.

Toile. Haut., 55 cent., larg., 45 cent.

Cadre en bois sculpté et doré.

PARROCEL

16 — *Combat de cavaliers.*

Dans une mêlée de combattants, le trompette fait un appel déses-
péré. Au premier plan, un cheval est sans cavalier.

Toile. Haut., 34 cent., larg., 41 cent.

Cadre en bois sculpté et doré.

ATELIER DE RAPHAEL

Attribué à PERINO DEL VAGA

17 — *Suzanne au bain.*

Suzanne est assise auprès d'une source, l'un des vieillards veut
s'en approcher et, tout en cachant sa nudité, elle le repousse ; l'autre
appuyé sur l'épaule du dieu de la Source, la contemple.

Panneau. Haut., 1 m. 27, larg., 1 m. 67.

Très beau cadre en bois sculpté et doré.

CORNEILLE POELEMBURG
1586-1667

18 - *Paysage.*

Au premier plan, une grotte d'où l'on aperçoit des ruines de château sur un roc dans un paysage éclairé par un soleil couchant.

Panneau. Haut., 23 cent., larg., 33 cent.

Cadre en bois sculpté et doré.

LE POUSSIN
1594-1665

19 — *Paysage.*

Deux personnages au premier plan se trouvent sous un grand
arbre, un château s'élève à droite sur une colline garnie d'arbres et
dans le lointain on aperçoit un village.

Haut., 37 cent., larg., 53 cent.

Cadre en bois sculpté et doré.

HUBERT ROBERT
(D'APRÈS)

20 — *Paysage italien avec des ruines.*

Toile. Haut., 48 cent., larg., 37 cent.

Cadre en bois sculpté et doré.

RACHEL RUISCH

1664-1750

21 — *Fruits.*

Sur la table se trouve un melon à côté d'une corbeille contenant des grappes de raisin et différents fruits.

Bois. Haut., 47 cent.; larg., 71 cent.

Cadre bois sculpté et doré.

SALVATOR ROSA

1615-1673

22 *Berger gardant son troupeau.*

Toile. Haut., 51 cent.; larg., 67 cent.

Cadre en bois sculpté et doré.

TÉNIERS

(DAVID)

1610-1690

23 — *Kermesse.*

Sur la place d'un village et devant l'auberge à l'enseigne du Cygne, les habitants se sont donné rendez-vous pour se livrer au plaisir de la danse; quelques-uns sont en train de boire.

Toile. Haut., 80 cent.; larg., 50 cent.

Cadre en bois sculpté et doré.

VANUCCI
(dit le PÉRUGIN)
1446-1524

24 — *La Sainte Famille*.

100

La Vierge assise sur un tertre tient sur l'un de ses genoux l'Enfant-Jésus, Saint Jean avec son agneau se trouve auprès tandis que Saint Joseph appuyé derrière un arbre tient un livre dans sa main.

Cuivre. Haut., 23 cent.; larg., 18 cent.

Cadre en bois sculpté et doré.

WARENDAEL

25 — *Fleurs*.

140

Corbeille de fleurs composée de pivoines et tulipes, anémones, volubilis.

Toile. Haut., 34 cent.; larg., 47 cent.

Cadre bois sculpté et doré.

ÉCOLE FLAMANDE
XVIIe siècle

26 — *Intérieur*.

Au premier plan groupe de danseurs accompagnés de musiciens.

Haut., 28 cent.; larg., 38.

Cadre bois sculpté et doré.

ÉCOLE HOLLANDAISE

27 — *Gibier.*

Dans une cuisine sont pendues différentes pièces de gibier.

Haut., 110 cent.; larg.: 167 cent.

ECOLE ITALIENNE

28 — *Jeune garçon se drapant dans son manteau.*

Haut., 44 cent ; larg., 34.

Cadre en bois sculpté et doré.

29 — Série de quatre miniatures sur ivoire, représentant des paysages et monuments mauresques.

LIVRE

855

30 — Album contenant l'œuvre de Téniers, gravé par différents artistes
(240 gravures).

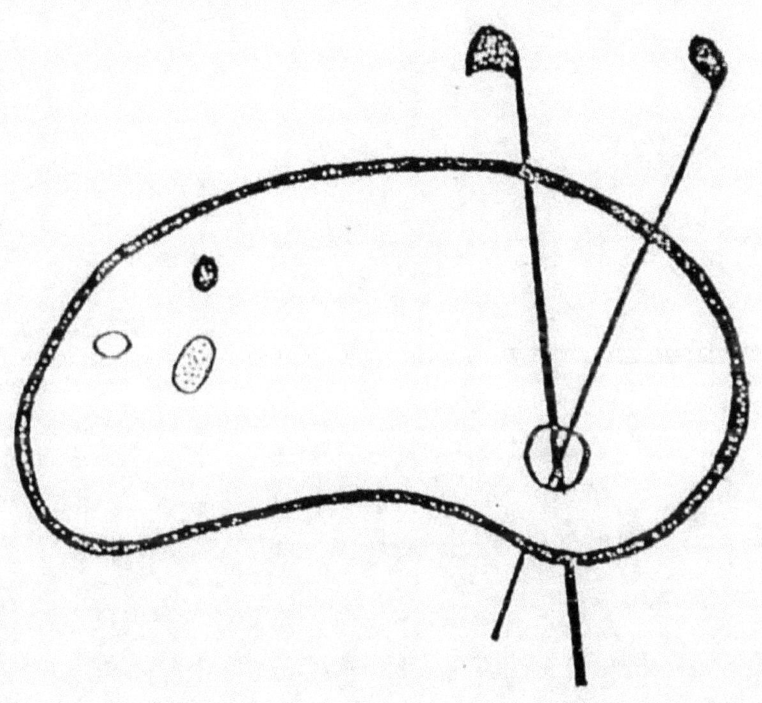

ORIGINAL EN COULEUR
NF Z 43-120-8

RED. :

23

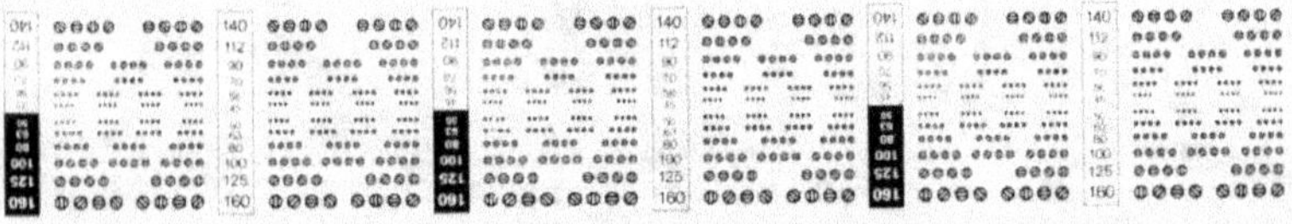

graphicom

MIRE ISO N° 1
NF Z 43-007
AFNOR
Cedex 7 - 92080 PARIS LA DEFENSE

BIBLIOTHEQUE NATIONALE DE FRANCE

****

CHATEAU DE SABLE

1996